HALT!

W0220189

LONELY CASTLE in the MIRROR
ist eine japanische Serie, die originalgetreu von »hinten« nach »vorne« und von rechts nach links gelesen wird!
Schlagt das Buch also »hinten« auf und blättert Seite für Seite nach »vorne« weiter! Auch die Bilder und Sprechblasen werden von rechts oben nach links unten gelesen, wie es in der Grafik gezeigt wird!
HAYABUSA wünscht gute Unterhaltung!

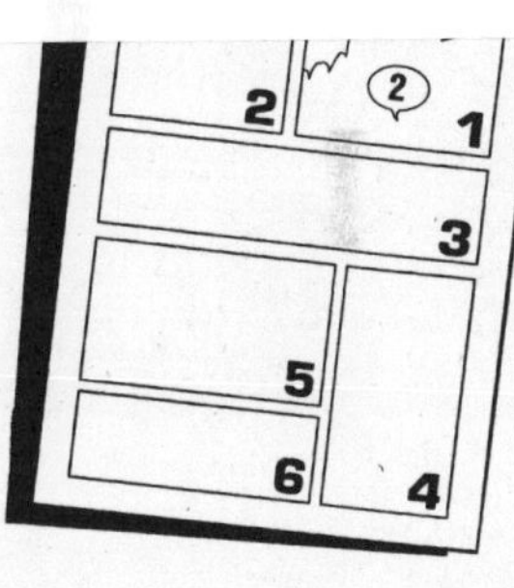

HAYABUSA
2023 Carlsen Verlag GmbH · Völckersstraße 14-20 · 22765 Hamburg
Aus dem Japanischen von Anne Klink

KAGAMI NO KOJO © 2019 by Mizuki Tsujimura/POPLAR, Tomo Taketomi
All right reserved.

First published in Japan in 2019 by SHUEISHA Inc., Tokyo.
German translation rights in Germany, Austria, Luxembourg and German-speaking Switzerland arranged by SHUEISHA Inc. through VME PLB SAS, France.
Covergestaltung: Sonnenfisch Production – Laura Bartels
Redaktion: Cordelia Suzuki
Herstellung: Lena Voigt

Alle deutschen Rechte vorbehalten
Wir behalten uns die Nutzung unserer Inhalte für Text und Data Mining im Sinne von § 44b UrhG ausdrücklich vor.

ISBN: 978-3-551-62415-4

FSC www.fsc.org
MIX
Papier | Fördert gute Waldnutzung
FSC® C083411

FOLLOW THE FALCON
www.hayabusa-manga.de
www.carlsen.de
hayabusa_manga
HayabusaTweets

Wir produzieren nachhaltig
- Klimaneutrales Produkt
- Papiere aus nachhaltigen und kontrollierten Quellen
- Hergestellt in Europa

PERFEKT **UNPERFEKTE** JUNGS!

PLAY IT COOL, GUYS

Kokone Nata

Wer kennt sie nicht, diese kleinen peinlichen Situationen, bei denen man am liebsten im Erdboden versinken würde: Gegen eine Glastür zu laufen, mit einem falsch geknöpften Hemd vor die Tür zu gehen oder den Strohhalm zu verfehlen, wenn man gerade zum lässigen Schlürfen eines Getränks ansetzen wollte.

Doch selbst die coolsten Jungs sind nicht vor den kleinen Trottelmomenten des Alltags gefeit!

»Play it Cool, Guys« ist Urlaub für die Seele. Hier kann man sich Seite für Seite durch die episodenhaften Kapitel kichern und eine Handvoll hübscher Jungs dabei beobachten, wie sie sich durch den Alltag trotteln.

Jeder Band komplett in Farbe und mit SNS Card in 1. Auflage!

Cool Doji Danshi © Kokone Nata / SQUARE ENIX CO., LTD.

HAYABUSA

www.hayabusa-manga.de

hayabusa_manga

HayabusaTweets

FUMI MIKAMI

ICH DARF NICHT SAGEN, DASS ICH DICH LIEBE

VERLIEB DICH NICHT INS ANDERE GESCHLECHT…!

Nach einem Meteoriteneinschlag vor 30 Jahren können sich die Erdbewohner nur noch in das gleiche Geschlecht verlieben. Homosexualität ist Normalität und Norm. Kazusa stellt jedoch fest, dass sie Gefühle für ihren Jugendfreund Ayumu entwickelt. Dieser ist der Enkel eines Astronauten, der während des Meteoriteneinschlags im All unterwegs war und daher heterosexuell geblieben ist. So lastet auf Ayumu das Stigma, der »Hetero-Enkel« zu sein. Kazusa verheimlicht ihre Gefühle gegenüber Ayumu, doch wie lange kann das gut gehen…?

BAND 1 MIT EXKLUSIVER SNS CARD – nur in der Erstauflage!

Romance • ab 14 Jahren
Paperback • schwarz-weiß
ca. 192 Seiten • 12,5 x 18 cm

HAYABUSA
www.hayabusa-manga.de

hayabusa_manga HayabusaTweets

© Fumi Mikami / Kodansha Ltd.

INUJUN / SAHO TENAMACHI

Someday I'll Fall Asleep

EIN WETTLAUF MIT DEM TOD!

Hotaru Morino ist schon lange heimlich in ihren Klassenkameraden Ren Otaka verliebt. Während eines Schulausflugs gerät ihr Bus in einen Unfall. Als Hotaru aufwacht, steht ein in Schwarz gekleideter Mann vor ihr. Es ist der Seelenführer Kuro, der ihr offenbart, dass sie tot ist. Außerdem erfährt Hotaru von ihm, dass sie nicht in Frieden werde ruhen können, wenn sie nicht innerhalb von 49 Tagen drei Versäumnisse behebt, die sie noch an die Welt binden. Eines davon ist, Ren ihre geheimen Gefühle zu gestehen...

Liebevoll gezeichnetes Mystery-Szenario, das als Real-TV-Serie verfilmt wurde!

Mystery • ab 14 Jahren
Paperback • schwarz-weiß/farbig
ca. 242 Seiten • 12,5 x 18 cm

© SAHO TENAMACHI / INUJUN / ICHIJINSHA INC.

HAYABUSA
www.hayabusa-manga.de

hayabusa_manga HayabusaTweet

Message

Anlässlich der Mangaadaption des Romans

Mizuki Tsujimura (Originalroman)

Ich habe *Lonely Castle in the Mirror* mit dem Wunsch geschrieben, dass alle Menschen, die den Roman lesen, ganz egal was in ihrem Leben gerade vorgeht, in Kokoro und den anderen Protagonisten Freunde finden und gemeinsam mit ihnen eine unbeschwerte Zeit im Schloss verbringen mögen. Dank Taketomi-sans wunderschönen und ausdrucksstarken Zeichnungen dürfen Kokoro und die Wolfskönigin nun auch die Leser*innen der Ultra Jump willkommen heißen. Hier ist das Einsame Schloss im Spiegel! Wir wünschen euch allen viel Spaß!!

Tomo Taketomi (Zeichnungen)

Dies ist das erste Mal, dass ich einen Manga zeichne, der auf einem anderen Werk basiert. Es ist mir eine große Freude und Ehre, dass es sich bei besagtem Ausgangswerk um *Lonely Castle in the Mirror* handelt. Gleichzeitig kämpfe ich derzeit sehr mit dem Erwartungsdruck, der auf mir lastet. Die Welt des Romans existiert bereits in den Köpfen sämtlicher Menschen, die ihn gelesen haben, darum werde ich jede einzelne Szene mit größter Sorgfalt zeichnen, um niemanden zu enttäuschen. Bitte seid gnädig!

Vorschau auf den nächsten Band

Lonely Castle in the Mirror 2

Während die sieben Jungen und Mädchen einander besser kennenlernen, erfahren wir nach und nach mehr über ihren Hintergrund.

Originalroman:
MIZUKI TSUJIMURA
(Poplar Publishing)

Zeichnungen:
TOMO TAKETOMI

Jetzt im Handel!

to be continued...

So dachte ich, als die Sommerferien begannen.

Lonely Castle in the Mirror 1 – Ende

Ich kann nicht zur Schule gehen...
... und zu Hause fühle ich mich auch nicht mehr sicher.
TAPP
TAPP
TATAPP
Dieses Schloss...

!
...!
Kokoro!
...!
...!
Lass es raus.

Danke ...
T...Tut mir leid. Das war eklig, oder?
... kal...
Und der Tee ist jetzt auch...

WUSCHEL
WUSCHEL
WUSCHEL
Oh...
Ja.
TROPF
Wah!
Meine Nase tropft!

Du warst unglaublich tapfer.

Ich hab einfach drauf-los geredet. Ich hoffe, ich hab ihnen kein Ohr abgekaut.
War das Ganze vielleicht doch gar nicht so...
... schlimm?
Ma-chen ...
... diese Mädchen dir immer noch das Leben schwer?
Ja, tun sie.

*Darum kann
ich dort nicht
mehr hin.*

Dabei...
... lässt sich das, was sie mir angetan haben, damit gar nicht beschreiben!
Es ging viel tiefer und war so viel... so viel...
Wäre ich in der Lage, mich selbst zu beschützen...
... wenn ich die Fenster nicht verriegeln...
... und ganz normal zur Schule gehen würde?

Warum ...
... hab ich mich ...
... an dem Tag...
... nicht weinend in Mamas Arme geworfen?!
Miori und die anderen hatten nichts kaputt gemacht...
... und mein Knie hatte ich mir selbst aufgeschürft.
»Miori Sanada ist zu mir nach Hause gekommen.«
In Worten ausgedrückt, war nicht mehr passiert.
Darum würden die Erwachsenen den Vorfall bestimmt mit eben diesen Worten abtun.

Wenn Miori Sanada und die anderen Mädchen...
... unseren Garten verwüstet hätten, hätten meine Mutter und mein Vater sicher gemerkt, dass irgendetwas passiert sein musste.
Oder unsere Nachbarn hätten etwas mitbekommen...
... und die Polizei gerufen.
Doch auch diese Hoffnung erfüllte sich nicht.
Kurz nachdem Miori und ihre Clique hier waren, hätte ich vielleicht noch die Kraft gehabt, über den Vorfall zu reden, der meinen Schulalltag zerstört hatte.
Aber wenn ich jetzt, Wochen später, damit ankomme, nimmt mich doch sowieso niemand ernst.

Mensch Masamune, mach doch mal mit.
Wieso? Ich hab keinen Bock als Ablenkung herhalten zu müssen.
Oh, Rion!
Hey.
Masamune sucht einen Gegner.
Okay, okay!
Meinetwegen.
Wollen wir...
... zu viert...
... ein Autorennen spielen?
POP
POP
POMM

Trinken die Mädchen heute den ganzen Tag nur Tee?
HIBBEL
HIBBEL
Ich geh mir von ihnen was zu Naschen holen! ♡
PACK
Masamune sagt, er braucht einen Gegner!
Waaas?
Ich bin leider nicht stark genug für ihn.
Ich hab kein Wort gesagt.

Am nächsten Morgen ...
Mama, ich hab Bauchschmerzen.
Seit dem Tag war ich nicht mehr in der Lage, zur Schule zu gehen.

... mich in ihre Arme werfen und mich bei ihr ausweinen.
Kokoro?
Warum sitzt du hier im Dunkeln?
Du hast mich erschreckt!
Ich dachte schon, du wärst noch nicht zu Hause und hab mir Sorgen gemacht!
...
Oh...
Ich muss wohl...
... einge-schlafen sein.

Mama!
Mama!
Mama!
... wollte ich rufen...

KLACK
Tut mir leid, ich bin nicht früher weggekommen.
KLICK
Nanu?
Kokoro?

Irgendwann hörte ich, wie sie sich verabschiedeten, so als wären sie ihres Spiels überdrüssig geworden.
Bis dann!
Ja, bis morgen.
Tschüs-si.
Bis mor-gen!
Und wenn das nur eine Falle ist?
Wenn ich atme, bemerken sie mich vielleicht und kommen ins Haus.
Und dann brin-gen sie mich vielleicht um...

Ihr braucht mir nicht zu verzeihen.
Ich werde euch das, was ihr getan habt, nämlich auch nie vergeben!
Ich weiß nicht, wie viel Zeit danach verging.
Jedenfalls genug, um auch den letzten Funken Optimismus, den ich bis zum Vortag noch in mir hatte...
... auszulöschen.
Englisch

Sie hat's bestimmt genossen, sich an meinen Freund ranzuschmeißen und mit ihm rumzumachen, oder?
Ich hab nicht mit ihm rumgemacht!
Was sie getan hat, ist unverzeihlich!

Warum macht sie das?
Warum kommt sie nicht raus?
Mio-ri!
Ich finde ihr Verhal-ten...
... einfach nur feige.
Wein doch nicht, Miori!
Wir sind für dich da.
Du Arme.
Wie gemein ...
KULLER
KULLER
Chuta tut mir so leid.

Es tut mir leid.
Es tut mir leid.
Es tut mir leid.
Es tut mir leid.
Es tut mir leid.
Es tut mir leid.
Es tut mir
Ich kauerte im Wohnzimmer, in dem es langsam schummrig wurde, und entschuldigte mich wieder und wieder.
Nicht bei Miori Sanada und ihrer Gang …
… sondern bei meinen Eltern.
Dafür dass ich diese Mädchen zu uns nach Hause geholt und in unseren Garten gelassen hatte, den meine Mutter so liebte.
Es tut mir so leid.
Wie …
… gemein!

KLAPPER
RUCKEL
Ich hörte sie unbeschwert draußen reden.
Das Fenster geht nicht auf.
Ihre Stimmen klangen so normal und friedlich...
... als würden sie sich...
... wie jeden Tag im Klassenraum unterhalten.

KLACK

Ich wusste, wenn das Fenster...
... nicht verriegelt war, würden sie einfach ins Haus kommen.
Und dann würden sie mich nach draußen zerren...
... und umbringen.

Das bringt nichts. Versucht's durch den Garten.
RASCHEL
RASCHEL
RASCHEL
Boah, wer braucht so viele Blumen?
RASCHEL
Kein Wunder, dass die Alte nur Gras im Kopf hat.
KYAHAHA

DINGDODONG
DOMM DOMM DOMM
DODOMM
DINGDODONG
DODOMM
DODOMM
DINGDODONG
DODOMM
...!
...!
DODOMM
DINGDODONG
...!
DODOMM
DOMM DOMM
DODOMM
DODOMM
DINGDONG
DOMM DOMM
DINGDONG
DINGDONG
Ist Moe ...
... auch da drau-
ßen?

Egal was ich in der Schule durchmachen musste, hatte ich bis zu diesem Tag immerhin noch die Gewissheit, dass mich wenigstens zu Hause nie jemand so behandeln würde.
Bis dahin...
... war unser Haus ein Ort, an dem ich mich sicher gefühlt hab und an dem ich in Ruhe mit meinen Eltern zusammen sein konnte.
Ich hab nicht verstanden, was diese Mädchen auf einmal dort zu suchen hatten, obwohl ich nicht mal mit ihnen befreundet war.
Ich konnte einfach nicht begreifen, was da passierte.
TACK
TACK
TACK
TACK

Komm raus, Kokoro Anzai!
Du feiges Miststück!
...!
DOMM
DO
Sie ist es wirklich!
DINGDOOONG
DINGDOOONG
Das war Miori Sanadas Stimme!
DINGDOOONG
DINGDOOONG
Mama!
Mama!
DINGDOOONG
!
Bloß nicht bewegen!
Ich darf kein Geräusch machen!
DOMM
!
DOMM
!
DOMM

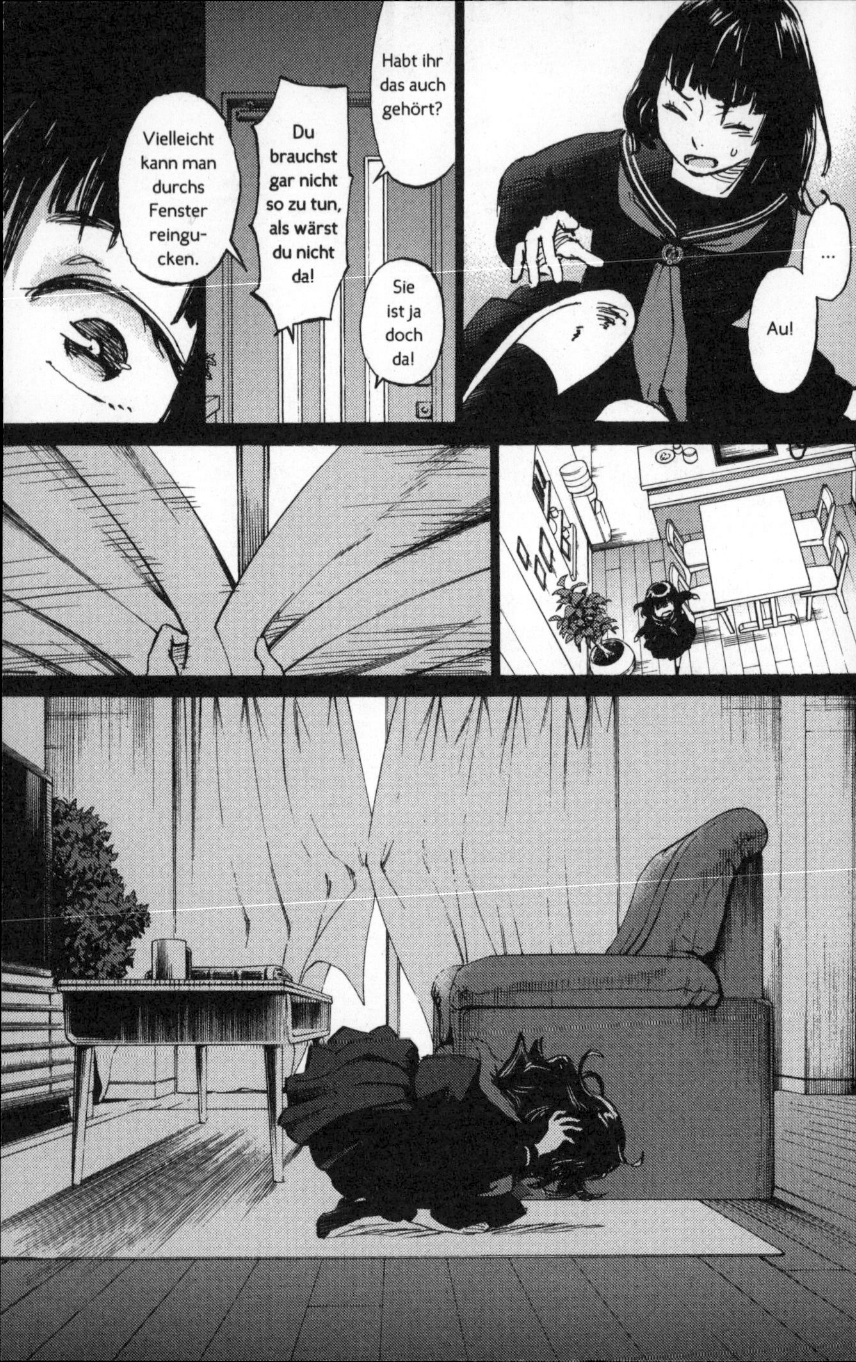
...
Au!
Habt ihr das auch gehört?
Sie ist ja doch da!
Du brauchst gar nicht so zu tun, als wärst du nicht da!
Vielleicht kann man durchs Fenster reingu-cken.

KLAPPER KLAPPER KLAPPER
!
KLAPPER KLAPPER
Komm raus!
Ignorier uns gefälligst nicht!
Boah, die regt mich auf!
Der verpassen wir heute 'ne Abreibung, klar?!
?
Abrei-bung?
Was meint sie damit?
RUMS
POLTER POLTER

ピンポーン
DING DONG
ピンポーン
DING DONG
ピンポーン
DING DONG
ピンポーン
DING DONG
Kokoro Anzai!
Wir wissen, dass du da bist!
Also mach gefälligst auf!
ピンポーン
DING DONG
ピンポーン
DING DONG
ピンポーン
DING DONG
ピンポーン
DING DONG

ピンポーン
DING
DOOOONG
?
Mama müsste noch auf der Arbeit sein.
Vielleicht ein Paket?
ピンポーン
DING DOOOONG
Moment!
ピンポーン
DING
DONG

Kapitel 5

Und eine Weile später…
… stand sie mit ihrer Clique plötzlich vor unserer Haustür.

Lonely Castle in the Mirror

Lonely Castle in the Mirror

... eine Weile später ...
... stand sie mit ihrer Clique plötzlich vor unserer Haustür.
ピンポーン
DING DONG
ピンポーン
DING DONG
ピンポーン
DING DONG

Um...
... ehrlich zu sein, ist das Thema Liebe für mich ein rotes Tuch.
Weil ich damit...
... ganz furchtbare Erfahrungen gemacht hab.
Die ganze Zeit...
... hatte ich mich jemandem anvertrauen wollen.
Und die beiden hörten mir einfach nur zu, ohne ihren Tee anzurühren.
Ich erzählte ihnen davon, wie Miori Sanada mir unterstellt hatte, dass ich ihr den Freund ausspannen wollte...
... und davon, was sich mit Chuta Ikeda vorm Schulgebäude abgespielt hatte, nachdem er mich dorthin bestellt hatte...
... und wie danach die ganze Klasse angefangen hatte, mich zu mobben.
Und...

Man kann auch ohne Liebe leben?
Kann es sein, dass du noch nie verliebt warst, Fuka?
Wie süüüß!
Hör bloß auf!
Du klingst wie er!
Ureshino ist nur bei mir angekommen, weil er gemerkt hat, dass er bei euch beiden keine Chance hat.
Der ...
... hält uns wohl für blöd.
Ähm ...
Danke.
Das war wirklich total lieb ...
... Fuka.

Er hätte es so oder so nicht geschafft.
Anscheinend können wir nämlich nur durch unsere eigenen Spiegel gehen.
…
Fuka war echt stinksauer.
Wie blöd kann man sein?!
Kannst du auch mal an was anderes denken als an Mädchen?!
Man kann auch prima ohne Liebe und Beziehungen leben!
Merkst du nicht, dass du uns damit auf den Keks gehst?!
Werd erwachsen!

Das wär besser, oder?
Wenn ich durch ihren Spiegel gehe, müsste ich ja bei ihr zu Hause rauskommen.
Da bin ich sauer geworden, weil ich nicht fassen konnte, wie man so unsensibel sein kann.
Zumal es gegen die Regeln ist, die Spiegel der anderen zu berühren.
Und kurz darauf fing er an, mir hinterherzurennen.
Ich weiß nicht mal, warum.
…
Tut mir leid.
Schon gut.
Ich hab's getan, weil ich auf keinen Fall wollen würde, dass er so was bei mir macht.

Ähm...
Warum hat Ureshino sich eigentlich in dich verliebt, Fuka?
Oh!
Versteh mich nicht falsch. Ich frag dich das nicht, weil ich denke, du hättest ihn mir ausgespannt oder so!
Ich hab mich nur gewundert, weil das so plötzlich kam.
Haha-ha!
Ausgespannt?! Als ob irgendjemand das denken würde!
BAMM BAMM
GACKER GACKER
...
Du bist doch...
... letzte Woche nicht ins Schloss gekommen.
Ob es ihr gut geht?
Nicht dass sie erkältet ist.
Vielleicht sollte ich lieber mal bei ihr nach dem Rechten sehen.
Was meinst du, Fuka?

Ha-haha-haha!
Die Vorstellung ist irgendwie niedlich!
...
Ha...
Ureshino nervt ganz schön, oder?
Aber solche Jungs kenn ich.
Sobald man ein bisschen nett zu ihnen ist, machen sie einem sofort eine Liebeserklärung! Vielleicht hatten sie vorher nie mit Mädchen zu tun und sind dadurch leicht zu beeindrucken.
Ich war nicht mal nett zu ihm.
Typen, die jedem Mädchen hinterherlaufen...
... sind echt...
... das Letzte.
...

Ich hab uns welchen gemacht.
SCHRAUB
Oh, danke.
Und Kekse auch. Bitte sehr.
...
Oh!
Der riecht ja toll!
Das ist Apfeltee.
Ich hab ihn von zu Hause mitgebracht, weil wir hier kein Wasser haben.
Darum können wir auch nicht abwaschen.
Neulich hab ich meine benutzte Tasse einfach hier stehen lassen.
Und am nächsten Tag war sie wieder sauber und stand ordentlich im Regal.
Was?!
Ich hab rumgefragt, aber keiner hat sie abgewaschen.
Ob die Wolfskönigin...
... hier erst mal fleißig aufräumt, sobald wir weg sind?
FEG FEG
PLATSCH PLATSCH
Die Wolfskönigin ...?

PACK
Hey!
Habt ihr Lust auf eine Mädels-runde bei einem Tässchen Tee?

PUUUST
POMM
POMM
Oder nicht?
Als ich ins Schloss zurückkehrte, hatte sich Ureshino bereits in Fuka verliebt.
Damit hatte er alle drei Mädchen der Reihe nach durch.
und zock eine
Hier gibt es etwas
zu sehen.
Oh!
Passt auf, als Nächstes ist die Wolfskönigin dran.

Warum willst du das wissen?
Nur so.
Aber findest du »Fu-chan«...
... nicht süß?
Ah...
Fu...
... chan!
Es reicht doch wohl, wenn du den hübschen Mädchen hinterläufst, oder nicht?!
FLAPP
Ups!
Mann!
Lass mich endlich in Ruhe!
Wieso?
Du bist doch auch ein hübsches Mädchen.

Ein Glück! Ich bin so froh, dass du kommst!
Schön, dass du hier bist, Kokoro!
Ä... Ähm ...
Ureshino.
WUPP
Hey...
... wie nennen dich eigentlich deine Freunde?
Hast du einen Spitznamen?
Ganz normal ...
... »Fuka«.
Ach so?
Grins
Grins

Hey Kokoro
Hey Kokoro!
Falls du heute hier bist, komm doch ins Spielzimmer...
... und zock eine Runde mit uns.
Falls du heute
doch ins Spielzimmer
eine Runde mit
Hier gibt es
Subaru
Ich muss mit ihnen reden.
Ich muss Ureshino sagen, was mich stört. Und mit Fuka muss ich mich auch aussprechen.
Ich will mit ihnen allen reden...
... und...
... von jemandem gesagt bekommen, dass ich nichts falsch gemacht hab.
Kokoro!

Ich weiß nicht...
... was ich machen will.
Aber was soll ich im Schloss?
Der Stoffbeutel...
... liegt noch dort in meinem Zimmer.
Ich geh ihn nur holen.
Ich erfand einen Grund...
... und durchquerte zum ersten Mal seit sechs Tagen den Spiegel.
RASCHEL
?

Kokoro?
Ist schon gut.
Geh zurück in dein Zimmer.
Ich kann nicht darüber sprechen.

Ich hätte Lust auf irgendwas Frisches, aber Fleisch will ich auch.
Ich hab aber Kokoro gefragt.
Sie redet von Sommerklamotten für dich, aber eigentlich will sie nur welche für sich.
Ich mag nicht.
Was?
Geht doch ohne mich.
Und was machst du?
Sogar in den Ferien weigerst du dich, das Haus zu verlassen.
Wo soll denn das alles noch hinführen?

Kokoro.
Willst du wieder den ganzen Tag im Schlafanzug verbringen?
...
Ich war so froh, dass sie sich das abgewöhnt zu haben schien.
Heute ist so schönes Wetter! Lass uns shoppen gehen!
Ein paar süße Sommerklamotten!
!
Oh, gute Idee!
Dann könnten wir gleich schön essen gehen!
Worauf hast du Hunger?

Nicht mal meine Freunde hatten mir im Streit je so grausame Wörter an den Kopf geworfen.
Doch Miori Sanada die nicht mal meine Freundin war, zögerte keine Sekunde, sie auszusprechen.
Ignorier mich nicht, du Schlampe!
Wie dumm kann man eigentlich sein?!
Krepier doch!
Einer der Jungs hat gesagt, dass Chuta in der Grundschule...
... in dich verliebt war.
»Miori hat er wohl auch davon erzählt.«

KICHER
KICHER
Habt ihr das gesehen? Ich wette, sie hat im ersten Moment gedacht, er will ihr eine Liebeserklä-rung machen.
Ja, ihr Blick! »Wie jetzt? Meinst du mich?«
BWAHAHAHA
Tja, da hat sie sich leider geirrt!
War das okay so?
Wach auf! Chuta will nichts von dir!

Und der Junge, den Miori Sanada sich als »Schwarm« aussuchte, dem sie eine Liebeserklärung machte und dessen Freundin sie wurde...
... war Chuta Ikeda.
?
Was ist?
Nur damit du's weißt.
Ich...
... kann hässliche Weiber wie dich auf den Tod nicht ab!

Oh, ich auch!
Ja, komm auch mit mir ins Team.
Ich glaub, ich mach Tennis.
Klar, warum nicht?
Ich kann mich nicht für eine Sportart entscheiden!
Vielleicht nehm ich auch Volleyball.
Was? Aber das passt doch gar nicht zu dir.
Äh ...
Seht ihr doch auch so...
... oder?
J...
Ja.
Bist du überhaupt sportlich?
Denk dran, das sind dann drei Jahre.
Nimm doch lieber eine Kultur-AG oder gar keine.
Man hatte den Eindruck, Miori Sanada hätte in unserer Klasse sämtliche Rechte für sich gepachtet.
Das Recht, als Erste zu sagen, in welche AG sie wollte...
Das Recht, unserem Klassenlehrer einen Spitznamen zu geben...
Das Recht zu entscheiden, wer cool genug war, um mit ihr und ihrer Clique befreundet zu sein...
Oder das Recht, sich als Erste in einen Jungen zu verlieben und seine Freundin zu werden.

Obwohl wir alle neu hier sind...
... fühlt man sich wie später hinzugekommen.
Die Mädchen da haben das Klassenzimmer offenbar schon für sich beansprucht.
Ach, ihr Frauen macht einfach nur alles unnötig kompliziert.
Hey, wisst ihr schon, in welche AG ihr wollt?
So dreist wie Chuta müsste man sein.
Ja.
Chuta Ikeda war im sechsten Jahr der Grundschule mit mir in einer Klasse.
Er war zwar kein besonders fleißiger Schüler, aber hatte immer Spaß mit seinen Freunden.
Ich wünschte, ich könnte das auch.
Ich beneidete ihn zwar ein wenig, aber das war alles.
Für mich war er nur ein ehemaliger Klassenkamerad.
Ich hab mich für die Volleyball-AG entschieden.

Genauso hab ich sie auch eingeschätzt.
Ich hatte zu dem Zeitpunkt zwar noch nie mit ihr geredet, aber auf mich machte sie einen energischen, willensstarken Eindruck.
Die Yukishina-Mittelschule Nr. 5...
... ist eine große Mittelschule, deren Einzugsbereich die Schüler von sechs Grundschulen umfasst.
Aus meiner Grundschule waren, inklusive mir, drei Jungen und zwei Mädchen in unserer Klasse.
Miori Sanada war von einer größeren Grundschule gekommen...
... und hatte dadurch von Anfang an viele Freundinnen.
Ja, oder?
KYAHAHA

Mein Wunsch ist...
... dass Miori Sanada von dieser Welt verschwindet.
Hier!
Ich mach's!
Ich hab kein Problem damit, Klas-sensprecherin zu werden.
Was würden wir nur ohne dich machen?
Ja, oder?
WA HA HA HA
HA HA
Nehmt euch alle mal ein Beispiel an Miori und seid ein bisschen proaktiver.
Jaaaaa.

Ich hab's nicht geschafft.
Hier bin ich auch nur eine Außenseiterin geblieben.
DOMP
TAPP
DOMP
DOMP
DOMP
DOMP
DOMP
DOMP

CHECK
CHECK
Ja, den Film hab ich auch gesehen.
Aber ich mochte den zweiten Teil lieber.
Was? Von dem gab's eine Fortsetzung?
Boah, Aki! Wie kannst du das nicht wissen?! Lebst du hinterm Mond? Dabei ist der zweite Teil der einzig Wahre!
Hey! Das sagt man ja wohl nicht!
Dafür beschlagnahme ich deine Kekse.
Ah, wehe!
Du wieder.
Hahahaha!

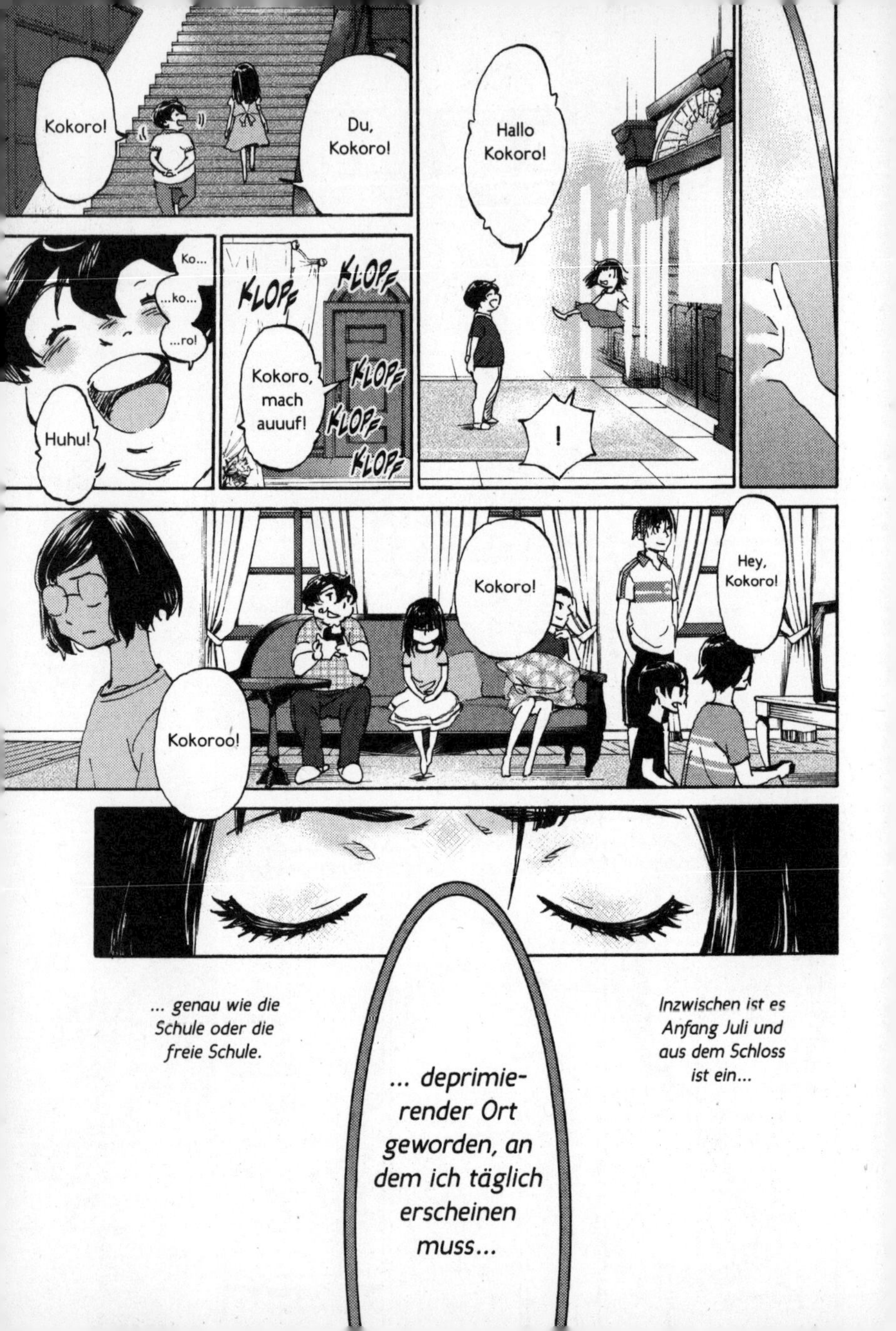
Hallo Kokoro!
Du, Kokoro!
Kokoro!
!
KLOPF KLOPF
Kokoro, mach auuuf!
KLOPF KLOPF KLOPF
Ko...
...ko...
...ro!
Huhu!
Hey, Kokoro!
Kokoro!
Kokoroo!
Inzwischen ist es Anfang Juli und aus dem Schloss ist ein...
... deprimie-render Ort geworden, an dem ich täglich erscheinen muss...
... genau wie die Schule oder die freie Schule.

Oh!
Endlich hab ich dich gefunden, Kokoro!
Ich hab doch so aufgepasst.
Warum ist so eine angespannte Situation entstanden?
Ich hatte gehofft, wenn wir nur drei Mädchen sind, könnten wir alle Freundinnen werden.
...

Ausgerechnet die unbeliebtesten Jungs...
... müssen sich immer in die süßesten Mädchen verlieben. Als ob sie bei denen eine Chance hätten!
Solche Typen...
... regen mich echt...
... auf.
Mach mir keine Angst.
...
»Wie blöd kann man eigentlich sein!«
Ach...
... das hat sie wegen Ureshino gesagt, weil er sich alle Nase lang neu verliebt.
Dann galt das gar nicht mir.

Schleich
Ureshino ist noch nicht hier.
!
Puh
Jeden Tag in Angst zu verbringen, ihm vielleicht zu begegnen...
... ist furchtbar, oder?
...
Ja.
Wie bescheu-ert!
Schreck

Wie blöd kann man sein?!
Ich darf mich nicht verstecken.
Ich muss trotzdem hingehen.
PSCHAAA
Ich darf mich auf keinen Fall wieder zu Hause verkriechen!

Hoffentlich finden wir den Schlüssel...
... ganz schnell.
SCHAUDER
...

Wo willst du denn hin?
Oh, du suchst den Schlüssel, oder?
Kann ich auch mitsuchen?
…
Klar…
Aber ich darf nicht zeigen, wie unangenehm er mir ist.
Wenn ich abweisend zu ihm bin, fängt er bestimmt an, über mich zu lästern.
Was wünschst du dir eigentlich?
Weiß ich noch nicht.
Oh, okay.
!
Kennst du Ureshinos »Wunsch« schon?
Er will mit Aki zusammenkommen.
Und was wird in dem Fall aus Akis Gefühlen?
Aber jetzt bin ich ja diejenige, mit der er zusammenkommen will.

Du klingt ganz schön erleichtert.
!
Hey!
Hast du eine Freundin, Rion?
Du hast aber nicht vor, mit einem von unseren Mädchen zusammenzukommen, oder?
Oder?!
Nein …
FLÜSTER
Also, eigentlich ist Kokoro ja auch nicht mein Typ.
Aber sie hat hausfrauliche Qualitäten.
FLÜSTER
FLÜSTER
Ich kann dich hören.
Alles, was er macht, wirkt so aufgesetzt.
Ureshino ist nicht in mich verliebt.
Er genießt doch nur das Verliebtsein an sich.
Warte, Kokoro!

Was?!
Ureshino ist inzwischen in Kokoro verknallt?!
Er hat mir doch erst vor ein paar Tagen eine Liebeserklärung gemacht!
Du Arme wurdest einfach ausgetauscht.
Pass auf, was du sagst!
Tut mir leid …
… Aki.
…
Hmm …
Na ja…
Kokoro ist ja auch süß.
Tja.
Da kann man nichts machen.
BOFF
C'est la vie.

Kapitel 4

Was ist eigentlich dein Lieblingses-sen?
Und was machst du in deiner Freizeit?
Wann warst du zum ersten Mal verliebt? Ich im Kin-dergarten.
Sag doch mal, Kokoro!
Kokorooo!

Kapitel 4

KLOPF KLOPF
バーン
BAMM
Kokorooo!
Wollen wir was Süßes essen?
Meine Mama hat...
... Muffins gebacken! ♡
...

Lonely Castle in the Mirror

Lonely Castle in the Mirror

Hast du wirklich nichts gehört?
Dass Aki und Rion nicht zur Schule gehen, verwundert mich.
Aber bei Ureshino kann ich es verstehen.
Jungs, die sämtlichen Mädchen hinterherlaufen...
... kann niemand leiden. Wer sich so benimmt, muss sich nicht wundern...
... wenn er ausgegrenzt wird.

Wie blöd kann man eigentlich sein!
»Wie blöd kann man eigentlich sein?!«
»Krepier doch!«

Hast du das...
... gehört?
Welches Game spielt ihr gerade?
DÄDÄNG
DÄTDÄTDÄT
DÄGÄDÄNG

Was?
...
Wie...
...so?
Kommst du morgen auch her?
Und um wie viel Uhr?
Nanu?
Bist du von Aki auf Kokoro umgeschwenkt, Ureshino?
Keine Ahnung.
Waaaaaaah!

Oh!
Heute sind alle hier.
!
Hallo, Rion.
Hast du den Hottie abgeholt?
Den was?
Hey.
Kokoro, sag mal!
Hast du eigentlich...
... einen Freund oder jemanden, den du magst?

Ganz ehrlich ...
Aki und Rion...
... sehen beide so gut aus und haben so eine aufgeschlossene Art. Eigentlich müssten sie bei ihren Klassenkameraden doch total beliebt sein. Dass sie nicht zur Schule gehen...
... ist mir unbegreiflich.

Oh, er hat sich an mich erinnert.
Ich komme immer am späten Nachmittag.
GUCK GUCK
Seine Sachen ...
Ach, er hat ja gesagt, er spielt Fußball.
Hm?
!
Oh! Äh...
Ich hab mich nur gefragt, wie spät es ist.
Äh.
Da drüben steht eine große Uhr.

...?
Hast du den Schlüssel gefunden?
!
Ah!
N...
Nein.
Schade.
Ich habe überall im Schloss Hinweise verstreut.
Also sucht alles gründlich ab.
Hinweise?
Lange nicht gesehen.
I...Ich bin Ko... Kokoro.
Das weiß ich doch.

Ob das was mit dem Schlüssel zu tun hat?
Ich geh lieber wieder zurück.
Ich hatte Angst, allein auf jemanden zu treffen, mit dem ich bisher noch nicht geredet hatte.
Außerdem wollte ich nicht, dass die anderen dachten, ich wäre nur darauf aus, mir so schnell wie möglich den Schlüssel zu schnappen.
!
Da ist...
Rion...

Oh, wie hübsch!
WACKEL WACKEL
!
Ah!
PLUMPS
Hopp ...
...la!
Was ist das?
Das sieht aus, als hät-te es jemand reingeritzt.
Ein X?

Hier sind welche!
Wie süß! Und sie glänzen so schön.
KUIK
Nur Wasser haben wir keins.
Aber Games kann man spielen.
Warum gibt's hier eigentlich Strom?
Was für ein seltsames Gebäude.
Ich frag mich, was es mit diesem Schloss...
... auf sich hat.

Ob es hier auch Teller gibt?
Also ging ich los und sah mich im Schloss um.
POCH POCH

Wow! Du kannst das ja richtig gut!
Wie meine Mama!
Ich darf doch, oder?
THRILLING TO RIDE

…
Ich hab einen Apfel mitgebracht. Wollt ihr auch ein Stück?
Wer will…
… Apfel essen?
Iiiiich!!
Iiiiich!
Hast du ein Messer dabei?
TSCHACK
SCHRAB
SCHRAB

Ja, oder?
Falls Ureshino den Schlüssel finden sollte...
... wird Aki dann seine Freundin?
Und was wird in dem Fall aus Akis Gefühlen?

!
Warum verrätst du ihr das?!
Hör auf damit!
BOX
BOX
Heißt das, du bist in Aki verliebt, Ureshino?
Ja, wieso?
Ist das schlimm?
Nein, das nicht...
Aber er kennt sie doch kaum.
Es war Liebe auf den ersten Blick.
Auf den ersten ...
... Blick?
Er hat ihr auch schon seine Liebe gestanden und sie hat ihn prompt abblitzen lassen.
Er konnte kaum ausre-den!
Mann, jetzt hör doch mal auuuuf!!
FLÜSTER
Aki war auch verwirrt.
Sie geht ihm jetzt aus dem Weg.
A... Aber sie ist ja auch toll, oder?
So hübsch und selbstbewusst... Ich kann verste-hen, warum er sie bewundert.

…
HIBBEL
HIBBEL
HIBBEL
Falls du auf Aki wartest, sie hat gesagt, sie bleibt heute in ihrem Zimmer.
Was?! Echt?!
SCHNÜFF
Boah!
Wie albern!
…
Kennst du Ureshinos »Wunsch« schon?
?
Er will mit Aki zusammen-kommen.
Heeeeeey!!

Hallo, Ureshino.
Hm...
Hi.
Noch eine Rivalin mehr.
Was?
Wieso »Rivalin«?
Fuka ist heute auch hier.
Ja, ich hab sie bei den Spiegeln getroffen.
Dann ist sie wohl zum Mittagessen nach Hause gegangen.
Sie verkriecht sich eh die meiste Zeit in ihrem Zimmer.
Einmal hab ich sie eingeladen, mit uns zu zocken, aber sie sagt, sie mag keine Games.
Dabei sieht sie aus wie ein Nerd. Voll die Mogelpackung.
Masamune!
Was?

Nanu?
Außer der ruhigen Fuka...
... war noch jemand anders da.
Ureshino, der so eine sanfte, freundliche Ausstrahlung hatte. Die beiden waren mir sofort sympathisch gewesen und ich hoffte...
... dass ich mich gut mit ihnen verstehen würde.
Oh, wer war das noch mal? Koro... ko?
!
Kokoro.
Kommt sie jetzt doch?
Ja, seit gestern.
Sie kann ziemlich gut zocken.

Das ist irgendwie schön.
Fuka...!
Sie ist heute auch hier.
SCHWUPP
Hallo ...
!
Oh!
H... ... Hallo!
...
Sie hat so eine süße Stimme. Das ist mir neulich schon aufgefallen.

Wenn die große Uhr im Schloss zwölf Uhr schlägt...
... gehen wir alle zum Mittagessen nach Hause oder essen unsere mitgebrachten Bentos.
GOOOONG – – !
Iss auch einen Apfel!
SCHRUBB SCHRUBB
Anschließend kehren wir ins Schloss zurück.
So wie wir nach der Mittagspause zurück ins Klassenzimmer gehen würden.

Aki redet nicht gern über die Schule.
Oh...
Ich versteh echt nicht, wieso sie sich wegen der Schule so fertigmacht.
Für manche Leute...
... ist das eben ein sensibles Thema, auf das sie nicht gern angesprochen werden.
Das weiß ich doch selbst am besten.
GOOOONG
Und dann trete ich voll ins Fettnäpfchen.

ボフ
BOFF
Ach was! Ich freu mich drüber.
...
Ich hätte zwar auch nichts dagegen, wenn du mich einfach ohne alles beim Vornamen nennst...
... aber du bist eben höflich, Kokoro. Das find ich süß!
In der Schule hast du bei den älteren Schülern bestimmt auch einen Stein im Brett, oder?
Nein.
Ich war ja nur kurz dort.
Darum hab ich keine Senpai.
Oh, ach so.
Und ich war auch in keiner AG.
Dann haben wir ja etwas gemeinsam.
Äh...
Ich bleib heute in meinem Zimmer.

* respektvolle Anrede für ältere Schüler*innen und Kolleg*innen

Er mag wohl nicht über seine Familie reden.
Aber es interessiert mich.
Ich will Masamune und Subaru ...
... und die anderen besser kennenlernen.
Ich spiele zum ers-ten Mal nur mit Jungs.
Was würden die anderen Mädchen wohl denken, wenn sie mich hier mit den beiden sitzen sähen?
Oh.
Wartest du auf die anderen Mädels?
J... Ja.

Darum …
… wäre es Quatsch, wenn ich weiter normal zur Schule gehen würde. Hat ja keinen Mehrwert für mich.
Ich werd eh nicht den konventionellen Weg einschlagen…
… sondern in die Gamesbranche gehen.
Eine Gamesfirma hat mich auch schon gefragt, ob ich später nicht für sie arbeiten will, weil ihnen mein Feedback enorm viel nützt.
Wow…
Eine …
… Gamesfirma?
Ich hätte ihn ganz anders eingeschätzt. Wenn man ihm so zuhört, kann man wirklich nur staunen.
Auf den Gedanken, dass die Schule nutzlos sein…
… oder Lehrer unfähig sein könnten, würden meine Eltern nie kommen.
Denkt deine Familie auch so, Subaru?
Hm?
Finden sie auch, dass man nicht zur Schule gehen braucht?
Hm…
Ja, so was in der Art.
Jetzt bist du wieder dran, Masamune.

Was?!
Die hat ein Bekannter von dir entwickelt?!
Ja.
Wahnsinn!
Auf dem alten Fernseher hier kann man zwar nur ältere Games spielen, weil er nicht die richtigen Anschlüsse hat, aber zu Hause hab ich auch neuere.
LABER
Manchmal darf ich auch Games, die noch nicht auf dem Markt sind, betatesten und beim Debuggen helfen.
LABER
Beta ...?
Dibag ...?
LABER
Ich glaub, das heißt Testbetrieb.
Er will halt auch Feedback von der jüngeren Zielgruppe, also sag ich ihm ehrlich meine Meinung und weise auf Bugs oder Probleme hin.
...
Wooow! Jetzt bin ich neidisch!
Ja, oder? Ich hab auch gestaunt.
Außerdem hab ich gute Noten.
In der Grundschule hab ich im Unterricht auch nie aufgepasst, aber, obwohl ich nur zur Paukschule gegangen bin und Fernunterricht hatte, lag ich bei den landesweiten Probeprüfungen für die Mittelschule ziemlich weit vorne.
Zur Paukschule geh ich ...
... abends immer noch. Meine Eltern haben extra eine gesucht, deren Lehrer einen guten Ruf haben.

Machst du dir doch Gedanken...
... wegen der Schule?
Was ...?
Weil du an einem ganz normalen Wochentag vormittags Videospiele spielst.
HA!
Damit verbringt sie ihre Zeit ja wohl wesentlich sinnvoller, als wenn sie bei irgendwelchen dummen Lehrern im Unterricht sitzt!
Meine Eltern sagen auch immer...
Nur weil jemand eine Lehrlizenz hat, heißt das noch lange nicht, dass er dir irgendetwas Gescheites beibringen kann.
Oh.
Ich bin tot.
Ein Bekannter von mir hat diese Gamekonsole mitentwickelt.
Der hat mir erzählt, dass er auch keinen richtigen Schulabschluss hat und dass seine Lehrer und Mitschüler alles Langweiler waren.

Dank Masamune und Subaru...
... kam ich nun wieder ins Schloss.
Falsch! L und R gleichzeitig! Genau!
Du bist echt gut, Kokoro!
Ich war einfach nur froh darüber.
J... Ja?
Ich hab ja auch schon die ganze Vorarbeit geleistet.
Wenn der Boss auftaucht, musst du sofort springen und seinen Kopf attackieren.
Spring!
Jetzt springen!
Du Blödmann! Jetzt hab ich mich bekleckert!
...
Wir haben den Boss besiegt!

DÄT DÄT
DÄGEDEDÄNG
DÄTERETÄÄ
Will-
kommen,
Kokoro!
Mann, Alter,
sie ist nicht
dein Gast.
Guten
Morgen.
Hier,
spiel du
weiter.

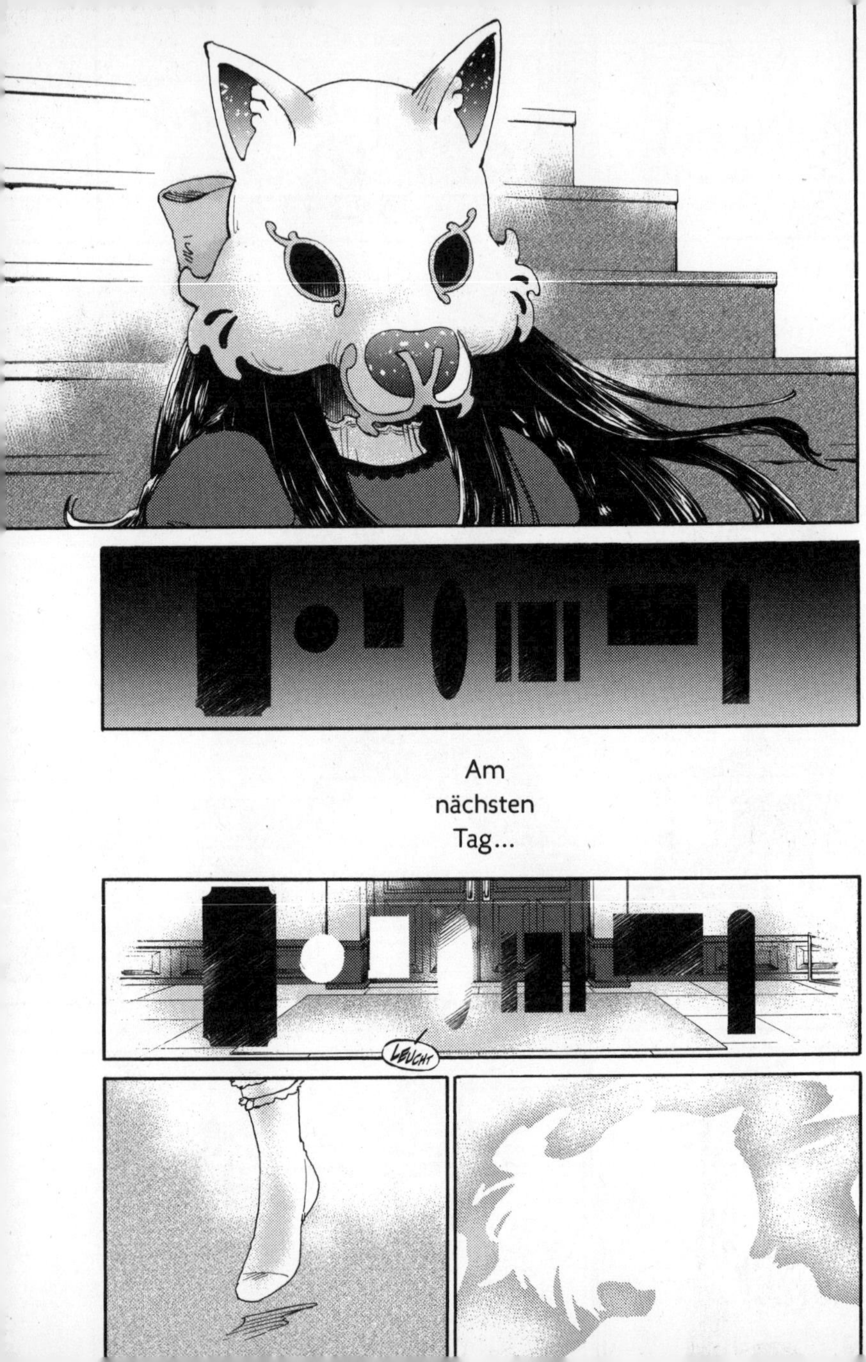
Am nächsten Tag...
LEUCHT

Hast du die Regeln dieses Schlosses schon wieder vergessen?
Nein. Darum bitte ich dich doch, eine Ausnahme zu machen.
Wenn du in fünf Minuten nicht verschwunden bist, bist du Wolfsfutter.
...
Und nicht nur du, sondern alle, die heute hier waren.
!
Das kannst du nicht machen!
...
Okay, schon gut.
Dann geh ich eben wieder nach Hause. Bist du dann zufrieden?
Ich hab sowieso nicht damit gerechnet, dass du Ja sagst!
Ich will zwar nicht nach Hause...
... aber ich gehe.
SCHWUPP

Okay, Spaß beiseite.
Könntest du mir einen persönlichen Gefallen tun?
Bitte lass mich heute hier über-nachten!
Nein!
Waaas? Warum denn nicht?
Fühlst du dich nachts nicht einsam, so ganz allein in diesem Schloss?
Lass uns den anderen auch Bescheid sagen und eine Über-nachtungsparty veranstalten.
Ich hab mein Schlafzeug mit.
Und Snacks auch. Siehst du?
Jetzt komm schon! Wir machen eine Pyjama-party!
Ich hasse ...
... Pyjamas.

Wenn du einen Wunsch erfüllt haben willst, musst du mir den echten Schlüssel bringen.
Heute ist die Zeit um.
Komm morgen wieder.
...
Okay.
KLIM
PER
Du hast mich durchschaut. Das hier ist nur ein Schlüsselanhänger.
Den hab ich bei einem Straßenfest, auf dem ich mit meiner Oma war, als Trostpreis an einer Losbude bekommen.
Findest du nicht, dass er aussieht, als würde er zu einem Märchenschloss gehören?
Sieht der echte Schlüssel auch so ähnlich aus?

Hallo Wolfskö-nigin.
Ich will meinen Wunsch einlösen.
Kapitel 3

Lonely Castle in the Mirror

Lonely Castle in the Mirror

LEUCHT
Das Schloss schließt gleich.
Hallo Wolfs-königin.
Ich will meinen Wunsch einlösen.

Wir sind morgen auch wie-der hier.
Und du?
Ja, ich komm auch!
Dann bis morgen, ihr zwei.
Tschö.
Ja…
… bis morgen!

Von den anderen ist doch keiner mehr gekommen.
AOOUUU
SCHRECK
Oh!
Um 16:55 Uhr ertönt immer dieses Heulen.
Das ist bestimmt das Signal…
… zum Nachhausegehen. Wie die Glocke im Park.
AOOUUU
OOOUUUU
Ach ja, die läutet auch immer!
Hihi…
…
Du zockst also auch, obwohl du ein Mädchen bist.
Aber …
… mein Vater hat sie konfisziert.
Dann komm doch wieder her und spiel mit uns…
… Kokoro.
Ist das ungewöhnlich? Ich kenne viele Mädchen, die zocken.
Die Konsole, mit der wir gespielt haben, hab ich auch zu Hause.

Wenn ich sehe, wie meine Eltern und die anderen Erwachsenen reagieren...
... denke ich schon, dass es ein ziemlich großes Problem ist, nicht zur Schule zu gehen.
Aber...
... nach Masamunes Worten...
... waren meine Bauch-schmerzen wie weggeblasen.
Willst du mitma-chen?
Ja!

PING
Was? Warum?
CONTINU
YES
Ist doch wohl logisch!
DÄDÄNG
DÄDÄNG
DÄDÄNG
Leute, die brav zur Schule gehen, haben eindeutig einen Schaden.
Und ihre Eltern genauso!
Als ich im ersten Jahr war, haben sich meine Eltern voll mit meinem Klassenlehrer angelegt.
Danach haben sie mich prompt abgemeldet, weil sie meinten, auf so eine schlechte Schule zu gehen, bringt mir nichts.
Masamune, Kokoro guckt schon ganz erschrocken.
Was gibt's da zu erschrecken?!
Schulen sind doch im Grunde eh nur armselige Kleingartenvereine, in denen alles reguliert wird. Pflichtprogramm für Konformisten halt.
Ob man hingeht oder nicht, macht letztendlich keinen Unterschied!
Ja...
... kann sein...
... dass man da nicht viel verpasst.

»Natürlich gehe ich zur Schule!«
»Aber ich bin oft krank…
… und fehle an manchen Tagen, weil ich zu irgendeiner Untersuchung muss.«
»Das lässt sich leider nicht anders machen.«
TACK
1
CONTINU
Was würde ich dafür geben, wenn es wirklich so wäre.
Das wäre Mama und Papa bestimmt auch lieber.
Schon gut.
Ich hab nur gefragt, weil ich dachte, mit jemandem, der ganz normal zur Schule geht, finde ich vielleicht keine gemeinsame Gesprächsebene.
Denk nicht so viel drüber nach.

Du warst seit neulich kein einziges Mal hier.
Darum war ich mir sicher, dass du eine von denen bist, die brav zur Schule gehen.
Warum bist du heute hier?
Bist du krank?
Oder hast du frei?
TACK TACK
CONTINUE?
Müsstest du ...
... jetzt nicht Unterricht haben?
Oder gehst du doch nicht zur Schule?
TACK
TACK
Ich dachte, wir fragen einander nicht danach.
Zumindest hab ich bisher gedacht, das sei unsere stumme Abmachung.

»Wir möchten bis März in diesem Schloss bleiben.«
Das ist ihr Wunsch?
Suchst du auch nach dem Schlüssel, Kokoro?
Hast du einen Wunsch, den du dir erfüllen willst?
M...
Mein Wunsch ist...
Mich inte-ressiert was ganz anderes!
1UP

Darum sag ich ja...
... lass uns schnell den Schlüssel finden und dann warten wir bis März, bevor wir das Wunschzimmer öffnen!
Dann können wir das Schloss noch solange benutzen!
Ich hab kein Problem damit, aber vielleicht hat ja jemand anders einen Wunsch.
Wenn die Person den Schlüssel vor uns findet, war's das mit dem Schloss.
Darum ist es das Beste, wenn ich ihn finde.
Und deshalb hat Subaru beschlossen, mir zu helfen.
Was...
... sagst du, Kokoro?
Ist es nicht toll, ein ganzes Schloss für uns zu haben?

Sie war heute auch noch nicht hier.
Und was ist mir dir, Subaru?
Interessiert dich das Wunschzimmer gar nicht?
Hmm …
Nein.
Nicht?
Warum fragst du?
Weil du gesagt hast, du »hilfst« Masamune.
Im Moment interessiere ich mich am meisten…
… für dieses Videospiel, das Masamune mitgebracht hat.
Bei mir zu Hause gibt's keine, daher hab ich so was noch nie gespielt.
Das ist total spannend!
Die Monster sehen voll echt aus!
…
Wieso? Hast du schon mal ein echtes gesehen?
Ist das Schloss nicht toll?
Außer uns ist keiner hier, wir dürfen alles benutzen und können nach Herzenslust daddeln.

Sucht ihr gar nicht...
... nach...
... dem Schlüssel?
Hm?
Ach, der.
M...Masamune hat ja neulich von seinem Wunsch geredet...
... darum dachte ich, ihr sucht alle danach oder habt ihn vielleicht sogar schon gefunden.
Wenn das der Fall wäre, kämen wir ja gar nicht mehr ins Schloss.
Also kann ihn noch keiner gefunden haben.
Ach ja...
Er hat mir geantwortet.
Aber Masamune sucht ziemlich intensiv nach dem Schlüssel, stimmt's?
REIN REIN
Ich helfe ihm zwar, aber bisher ohne Erfolg.
PATSCH
Darum haben wir zur Abwechslung angefangen zu daddeln. Erst waren wir immer in Masamunes Zimmer...
... aber dann meinte Aki, wir sollen im Wohnzimmer spielen, damit alle mitmachen können.
Ach ja, Aki!

Ich hab aus unserer Abstell-kammer einen alten Fernseher, Gamekon-solen, die ich kaum noch benutze, und die dazugehörigen Spiele mitgebracht. Ich hätte mich fast zu Tode geschleppt...
... als ich durch den Spiegel gekom-men bin.
Das Zeug war scheiß-schwer!
Oh...
Sind die Mädchen gar nicht hier?
Seid ihr heute nur zu zweit?
Hm, vielleicht kommt später noch wer.
Die kommen nicht jeden Tag.
Nur wir beide haben bis jetzt volle Anwesenheit.
GRINS
Er hat erst so erwachsen gewirkt. Er kommt mir ein bisschen unge-wöhnlich vor.
Und die zwei sind schon Freunde.
Wir dachten schon, du hättest das Interesse verloren, Kokoro.
Weil du seit neu-lich nicht mehr hier warst.
!
...
Ich...
Oh, sorry. Ich wollte dir nicht zu nahe treten.
Nein, nein! Alles gut!
...

Schnapp dir den Heiltrank.
DÄGE DÄNG
Den blauen?
Nein, den grünen.
Und behalt die Hände am Controller.
Willkommen.
Auch wenn das hier nicht mein Haus ist.
...!
Subaru! Nicht aufhören!
DODODORO
Setz dich.
FAUCH
Subaruuu!
SCHIEB
SCHIEB
H...
Hallo.
Oder willst du lieber aufs Sofa?
Jetzt hab ich nur noch einen halben Balken!
Habt ihr Games mitgebracht?
Ja, das sind alles Masamunes.

DÄDÄGE DÄNG♪
KNEIF
デデン♪ DÄDÄNG
DÄGE DÄNG♪

Und zwar,
dass die Person,
die sich über den
Geruch von Regen
lustig gemacht
hat …

… dass
Miori Sanada
von dieser Welt
verschwindet.

Vor den Wölfen?
Oder den anderen Jugendlichen?
Vielleicht waren sie ja seitdem auch nicht wieder im Schloss.
Oder treffen sie sich jetzt alle jeden Tag dort?
Dann …
… haben sie sich inzwischen bestimmt schon angefreundet.
Und ich hab wieder das Nachsehen.
Mit jedem Tag, den ich nicht hingehe, verlässt mich ein Stück mehr Mut, mein Zimmer zu verlassen.
Es ist genau wie mit der Schule.
Mit dem Vorfall neulich hat alles angefangen.
Ich hab noch immer nicht geschafft, mit irgendwem darüber zu reden.
Aber einen Wunsch …
… hab ich.

Uuuh! Es riecht nach Reeegeeen!
Regen zu mögen, ist vielleicht nicht schlimm.
Trotzdem war die Schule für mich seitdem ein Ort, an dem ich nicht mehr ehrlich sagen konnte, was ich dachte.
!
Ich hab immer noch Angst.

Stattdessen flüchte ich wieder zurück in mein Zimmer.
Er riecht nach Regen.
Was?
Ach... Ich schnuppere nur gern...
... an meinem Regenmantel, wenn er anfängt zu trocknen.
Dann riecht er so schön nach Regen...
... und nicht nach Vinyl.
Ich weiß, was du meinst. Jahreszeiten haben ja auch alle ihren eigenen Duft, oder?
Ja, genau! Das liebe ich!
KYAHAHA
Ich lach mich tot.

Na gut.
Dann weiß ich Bescheid.
Ich lass dir dein Bento hier stehen.
Mama, ich...
Ich melde dich für heute ab.
Geh wieder schlafen.
Guten Tag, hier ist Anzai.
Ich simuliere nicht nur.
Ich wünschte, ich könnte ihr alles erzählen. Alles, was an **dem Nachmittag** passiert ist...
... und den wahren Grund, warum ich nicht mehr zur Schule kann.

Das war vor zwei Wochen.
PSCHAAA
Der Spiegel leuchtet morgens nur...
... wenn ich im Zimmer bin.
Aber seit neulich war ich noch kein einziges Mal wieder im Schloss.
Und in dieser freien Schule war ich auch noch nicht.
Wieder mal Bauchschmerzen, ja?

Hm?
Ich weiß den Weg nicht mehr.
SCHRECK
Wo sind ... ... denn die anderen?
Nach Hause gegangen.
Du bist die Einzige, die noch hier ist.
Was...?

ゴオォン
KLONG
バァァン
KAAANG
ギャン
PLÄNG
ゴォン
BLONG
バァン
BLANG
ゴォォン
BLONG
バァーン
KLANG
PLING
...
Ist es vorbei?

Oh, das hier ist sogar auf Englisch.
Little Red Riding Hood
SCHAUDER
!!
KLAAANG

Wie die Zimmer der anderen wohl aussehen?
Ich war ganz überrascht!
Er hatte so schöne, klare Augen. Er sah aus wie ein Mangaheld...
... oder ein Promi.
...
Ein Glück, dass ich mich umgezogen hab, bevor ich hergekommen bin!
PLING
PLONG
Spielt da wer Klavier ...?
PLONG PLONG
Aber wer?
Eins der Mädchen?
Vielleicht sind die Zimmer alle individuell nach den persönlichen Interessen eingerichtet.
Hier gibt's ganz viele Bücher.

...
Wow...
Wie in einem Disneyfilm oder in einer Märchen-welt!
FLUFF

Damit seid ihr für heute entlassen.
Hä ...?
Ihr könnt hierbleiben und nach dem Schlüssel suchen...
... oder nach Hause gehen und eure Gedanken sortieren. Macht, was ihr wollt.
Hoppla!
Eins noch!
Für jeden von euch wurde hier im Schloss ein eigenes Zimmer vorbereitet.
Ich hoffe, sie gefallen euch.
Kokoro

Nö.
Keinen blassen...
... Schimmer.
Ich auch nicht.
Ich auch nicht.
...
Das hab ich mir gedacht.
Jetzt haben wir uns zwar vorgestellt...
... aber niemand stellt weitere Fragen oder erzählt von sich aus mehr.
Wir sind alle ganz unterschiedlich und doch gleich.
Keiner von uns geht zur Schule.
Seid ihr fertig?
SCHWUPP
Da ist sie wieder!
Wah!
Wie unhöflich! Ich bin doch kein Gespenst.
Wenn ihr mich ruft, erscheine ich überall und wann immer ihr mich braucht.

Oh, wir sind gleich alt?
Echt?
Ich hab dich für einen Oberschüler gehalten.
Ure-shino.
Das ist aber mein Nachname, nicht mein Vorname.
Ure-shino... Erstes Jahr der Mittel-schule.
Freut mich.
Und warum sagst du nicht deinen Vor-namen? Wie schreibt man das denn?
!
M...
Mit den Zeichen für Freude und Feld.
Uwah, so viele Striche!
Das nervt bestimmt, wenn man bei Tests auf jedes Blatt seinen Namen schreiben muss, oder?
J...Ja, da verliere ich immer ein bisschen Zeit.
Hmm, dann sind wir also alle Mittelschü-ler.
Hat irgend-wer...
... eine Ahnung...
... warum die Wolfskönigin uns herbe-stellt hat?
...

Ich bin Aki!
Drittes Jahr…
… der Mittelschule. Freut mich!
SCHRECK
Und wer bist du?
!
Äh …
Koko-ro.
Erstes Jahr…
… der Mittelschule. Schön, euch kennenzuler-nen.
Ich bin Rion.
Ich weiß, der Name klingt ausländisch, aber ich bin Japaner. Mein Name wird mit den Schrift-zeichen für Ver-nunft und Klang geschrieben.
Ich bin im ersten Jahr der Mittelschule und spiele Fußball. Freut mich.
Ich…
Zweites Jahr…
… heiße Fuka.
… der Mittel-schule. Schön, euch kennenzu-lernen.
Ich bin Masamu-ne, auch zweites Jahr.
Oh.
Sagt bloß nicht, das klingt wie der Name eines Feldherrn oder wie eine Sake-Marke.
MURMEL
MURMEL
Hi, ich bin Subaru.
Freut mich.
Drittes Jahr Mittel-schule.

Kannst du solange woanders hingehen, Wolfskönigin?
KLAP
Wir müssen erst mal unsere Gedanken sortieren.
Allein, wenn's geht!
...
Hmm ...
Meinetwegen.
Wow ...
FWU
Lasst euch Zeit.
Hä?!
Sie ist verschwunden?!
Wie jetzt?
Unmöglich!
Habt ihr das gesehen?!
Ja!
Einfach Wahnsinn!
Hoppla!
Ich kenn die anderen doch noch gar nicht.
Aber ich...
... mag mich nicht als Erste vorstellen.

SCHNIPS
Also vertragt euch gut...
... meine kleinen Rotkäppchen.
STRAAAHL
SCHNIPS
Solange ihr diese kinderleichten Regeln beachtet, könnt ihr hier machen, was ihr wollt.
!
Hey!
Hey!
Solange das Schloss geöffnet hat, dürft ihr euch, außer nach dem Schlüssel zu suchen, auch anderweitig beschäftigen.
Ihr könnt spielen...
... ler-nen...
... Bücher lesen, Videospiele zocken. Bento-Boxen und Snacks dürft ihr auch mitbringen.
So!
Und jetzt stellt euch ...
... alle vor!
Hä?!
Unter Umständen werdet ihr ab jetzt fast ein Jahr miteinander verbringen.
KLATSCH
Los! Vorstel-len!
Stellt euch vohooor! Stellt euch alle vohooor!
...
KLATSCH KLATSCH

Ja, dann werdet ihr von einem Wolf gefressen.
Und zwar …
… nicht nur die Person, die gegen die Regel verstoßen hat, sondern auch alle anderen.
Jeder, der an dem Tag im Schloss war, wird bestraft!
H…Heißt das, wir werden alle gefressen?!
Wir kennen uns kaum, aber sind füreinander verantwortlich?

Fahren wir fort.
Ihr könnt mithilfe der Spiegel zwischen eurer Welt und dem Schloss ein und aus gehen.
Das Schloss ist von heute an bis zum 30. März geöffnet.
Wenn der Schlüssel gefunden und der Wunsch der Siegerin oder des Siegers erfüllt wurde, ist das Spiel beendet.
In diesem Fall schließt das Schloss schon vor dem 30. März.
Bist du sicher, dass du nicht den 31. März meinst?
Der März hat doch 31. Tage.
Ich meine den 30.
…
Hat das Datum einen bestimmten Grund?
Wer weiß?
Vielleicht werden am 31. Wartungsarbeiten ausgeführt.
Übrigens hat das Schloss täglich zwischen neun und 17 Uhr japanischer Zeit geöffnet.
Wer nach 17 Uhr noch hier ist, wird bestraft.
Be-straft?
Ihr müsst auf jeden Fall pünktlich nach Hause gehen.

Ihr bleibt hier!
Hört euch erst meine Erklärung bis zu Ende an. Dann könnt ihr entscheiden, ob ihr teilnehmt oder nicht.
KLIRR KLIRR

Hier geht niemand nach Hause!
!
KLAPPER
KLAPPER
KLAPPER

Ich schon.
Ich auch.
Wer weiß, wozu sie fähig ist.
Mir ist sie nicht geheuer.
Ich wette, sie ist unsere Feindin.
...
Ich hab zwar Angst ...
... aber nicht nur, glaub ich.
Ja...
... oder?!
?!
!
Ä...
Ähm ...
Kann ich jetzt nach Hause gehen?

…
…
Was soll das?
…
Wer bringt einen Alarmpieper mit?
Nur sechs Gegenstände …?
Oh, ich hab nichts dabei.
Habt …
… ihr alle solche Angst…
… vor dem Mädchen?

Hm?
Was hast du da?
Gestern bist du noch vor Angst weggelaufen...
... und heute hast du schon Spielzeug dabei?
Äh!
N... Nein, das...
Das ist vermutlich ihre Waffe, oder?
Ah!
Alle aufstellen zur Taschenkontrolle!
KakerlaKill

So wie wir durch die Spiegel gehen können…
GRINS
GRINS
Hehe!
Ich sehe, du mit der Brille hast Blut geleckt.
Die Mädchen reden schon miteinander.
Ihr Jungs braucht immer etwas länger, um aufzutauen.
Strengt euch an, um nicht ins Hintertreffen zu geraten.
Hmpf!
Im Übrigen kenne ich niemanden, der mit dieser Art Wunsch je glücklich geworden ist!
In einem Game zu leben ist ziemlich brutal!
MURMEL
MURMEL
Ich würde eins wählen, in dem man die Monster für sich kämpfen lässt.
So ist's recht! Nehmt euch ein Beispiel an ihm und folgt eurem Traum!
Wenn du Pech hast, verspeist dich ein Monster, kaum dass du drin bist.
Ha!
Das passiert höchstens Anfängern!
…

Oh, ihre Ohren...
Ihr habt wohl alle keine Träume, oder?
...
Warum freut ihr euch nicht wie kleine Kinder darüber, dass ihr auserwählt wurdet, die Helden dieser Geschichte zu sein?
Das hier ist das Einsame Schloss im Spiegel.
Und ich bin eure Aufpasserin.
Für euch »Wolfskönigin«...
... klar?
Wolfskönigin?
Ihr seid nicht die ersten Rotkäppchen, die ich hierher eingeladen habe.
Schon vielen vor euch wurde ein Wunsch erfüllt, bevor sie in ihre Welt zurückgekehrt sind!
Im Ernst?
Wenn wir uns alles wünschen können...
... fallen darunter dann auch paranormale Dinge wie...
... Magie benutzen oder in die Welt eines Games schlüpfen zu können?

Ja, wir sind auch grad erst gekommen.
Wir sitzen alle im selben Boot wie du.
Okay, ich hab eine Frage!
Was ist das hier? Wo sind wir? In Japan?
Warum wird uns ein Wunsch erfüllt? Und wieso ausgerechnet uns?
Ist das hier real?
Wer bist du?
WAAAAAAAAH!
Ha!

»Rotkäppchen«?
Ja. Ihr seid doch herumirrende Rotkäppchen…
… oder nicht?
…
Nicht eher Schäfchen?
…
…
…
!
Guckt nicht bloß hilfesuchend in die Runde!
Wenn ihr darauf hofft, dass schon jemand anders den ersten Schritt machen wird…
… gewöhnt euch das lieber ganz schnell ab!
SCHRECK
…
ZITTER
Hab keine Angst!

Hinter diesem Spiegel befindet sich eine andere Welt.
Ein Schloss wie aus dem Märchen.
Ich und sechs weitere Jugendliche wurden dorthin geführt.
In diesem Schloss gibt es einen Raum, der stets verschlossen ist und jeden Wunsch erfüllen kann: das »Wunschzimmer«.
Der Schlüssel zu diesem Raum befindet sich irgendwo hier im Schloss. Die Person, die ihn findet, bekommt einen Wunsch erfüllt.
Also dann …
… lasst uns beginnen, meine Rotkäppchen!

Kapitel 2

Kapitel 2

TROPF
PRASSEL
PRASSEL
PRASSEL
TROPF
PRASSEL
Was wünsche ich mir denn?
Seitdem sind zwei Wochen vergangen.

Lonely Castle in the Mirror

Lonely Castle in the Mirror

... jedoch nicht.

... treffen aufeinander.
Ein erbitterter Kampf um den Schlüssel...
... beginnt...

Es wird allerdings nur der Wunsch derjenigen Person erfüllt, die den Schlüssel findet.
Also dann...
... lasst uns beginnen, meine Rotkäppchen!
Sieben Jungen und Mädchen wurden in das einsame Schloss im Spiegel gerufen.
Sieben Schicksale...

Juchhu!
...
KLATSCH
KLATSCH
Wie toll!
KLATSCH
...
KLATSCH
...
Also überlegt euch ganz genau...
... was ihr euch daheim in eurer Welt wünschen wollt.
Was ich mir...
... wünsche?
KLATSCH
Ihr habt bis zum 30. März Zeit.

Da nun alle hier sind, erkläre ich euch alles.
Das ist eine große Chance für euch, also hört zu und lauft nicht wieder weg.
Alles klar? Dann los!
Erst einmal vorweg: Ihr seid hier, weil ihr ausgewählt wurdet.
Nach welchem Kriterium?
Das ist geheim.
In diesem Schloss gibt es einen Raum, der stets verschlossen ist und jeden Wunsch erfüllen kann: das »Wunschzimmer«.
Der Schlüssel, mit dem sich dieser Raum öffnen lässt, ist irgendwo hier im Schloss versteckt.
Ein Schlüssel?
Jawohl!
Herzlichen Glückwunsch!
KLATSCH
KLATSCH
KLATSCH
KLATSCH
KLATSCH
KLATSCH
Euch wurde das Recht gewährt, nach diesem Schlüssel zu suchen!

Hier sind Leute?!
Hmpf!
Du bist also doch gekommen...
... Langweilerin.
»Langweilerin«.
Sie hat ja recht...
... denke ich selbst noch, nachdem es mich in so eine wundersame Fantasiewelt verschlagen hat.
Ich bin woanders als gestern.
Ist das das Innere des Schlosses?
Die anderen müssten etwa in meinem Alter sein.
Warum sind sie...
... um diese Uhrzeit nicht in der Schule?

PLUMPS
Alles okay?!
Voll auf die Nase.
...
Hä?!

SST
!
...
FUCHTEL
FUCHTEL
Ich kann...
... überall hingehen!
Jawohl!

FWUOOOO
KNITTER

... wie sich eines Tages vor meinen Augen...
... ein Tor in eine andere Welt öffnet.
LEUUUUCHT
!!
RENN
Bitte!
DOMP DOMP DOMP
DOMP
DOMP DOMP
Bitte!
LEUUUCHT
Er leuchtet noch!

...kawa-Markt
Manchmal träume ich davon...

ZWITSCHER
...
パタン…
RUMS

Damit immer noch alles so wäre wie damals, bevor ich aufgehört hab, zur Schule zu gehen.
Ich hatte solche Angst.
Ob das doch nur ein Traum war?
Wenn ich schon solche Sachen träu- me...
... wäre mir ja ein niedliches Tier lieber gewesen.
So was wie der Hase aus Alice im Wunderland und kein Wolf.
»Bist du nicht gespannt, welches tolle Abenteuer dich hier erwartet?«

Ob es Mama und Papa lieber gewesen wäre...

... wenn ich für immer das kleine Mädchen geblieben wäre, das nur die Gyoza-Hüllen isst?

Mama ...?
Hm?
...
Mach dir keine Sorgen!
BUMP
Ach ja...
Ich bin nicht böse auf dich, weil du nicht zur Schule gegangen bist.
Die Lehrerin, die uns neulich rumgeführt hat... Frau Kitajima, hieß sie, glaub ich...
... hat am Telefon gesagt, dass du jederzeit kommen kannst.
Also sag einfach Bescheid, wenn du bereit bist.
Du bestimmst das Timing.
Keine Angst. Wir fangen ja gerade erst an.
Wir schaffen das schon!
Okay...
Ach ja.
Der nächste Unterrichtstag ist Freitag.
Okay.

...
Bin ich...
... dabei meinen Verstand zu verlie...
KATSCHACK
Ich bin wieder da, Kokoro!
DOMP
Mama!
DOMP
Was macht dein Bauch?
Ich mache heute Gyoza mit Käse-Shiso-Füllung. Die magst du doch so gern.
RASCHEL
Hilf mir beim Kochen, ja?
TAPP
TAPP
TAPP

DODOMM
Hah!
Hah!
...
DODOMM
DODOMM
Hah!
Hah!
HUST
Wann hab ich zuletzt...
... so laut geschri-en?
...

Ich kann dir jeden Wunsch erfüllen!
Aber nur einen!
Ganz egal, was!
Also, komm herein und…
SCHLEIF
SCHLEIF
!
Lass mich looos!
SCHUBS
Aua!
…
Hey!
Du fantasielose Langweilerin!
Morgen…
… warte ich auch wieder auf dich.

RENN
Ah!
TAPP TAPP
?
!
Was ...?!
?!
KLAM
MEEER
Hierge-blieben!
Ah!
Warum läufst du weg?
Du bist auf einem Schloss! In einer aufregenden, schillernden Fantasy-Wunderwelt!
Bist du nicht gespannt, welches tolle Abenteuer dich hier erwartet?

Willkommen auf meinem Schloss...
... Kokoro Anzai!
KRIIETSCH
Du hast die feierliche Ehre, mein Gast zu sein!

LEUCHT
?
Der Spiegel leuchtet...
Ist das nur eine Reflexion?
SCHWUPP
Hä?!
RUCK
Ah!

…
Die Aufgabe kann ich nicht.
Ab hier versteh ich gar nichts mehr.
Ich kapier's nicht.
Was soll ich bloß machen?
Ich kapier's nicht!
Gar nichts!
Gar nichts!
Ich versteh das alles nicht…!

Mensch ohne Freun-de...
Obwohl sich das Spiel jeden Tag von Neuem wiederholte...
... war ich zu diesem Zeit-punkt noch in der Lage, zur Schule zu gehen.
BLÄTTER
Mathematik 1

Miori und die anderen sind gucken gegangen, weil du nicht von der Toilette zurückgekommen bist.
Sie sind echt …
… gemein, oder?
Aber sag niemandem, dass ich dir das erzählt hab!
…
MURMEL
MURMEL
…
Hah …
Was hat sie zu mir gesagt? MoF?
Was heißt das noch mal?
Ach ja…

KONK
Hihi Ups!
...
!
War sie da-drin?
TAPP
TAPP
TAPP
Ja, ich hab alles gesehen!
Sogar...
... ihre Unter-hose!
lieh!
HAHAHAHA

Sie ignorieren mich.
Sie lästern hinter meinem Rücken über mich.
Sie sagen allen, dass sie sich nicht mit mir anfreunden sollen...
... und lachen mich aus.
Mein Bauch tut weh...

Glotz nicht so.
MoF!
KYAHAHAHAHAHA
Was...
... habe ich diesen Mädchen bloß getan?
Miori Sanada!

Hey, Moe.
Wollen wir heute …
Was?
Äh…
Wollen wir nachher zusammen zum AG-Schnuppertag gehen?
Ich bin schon verabredet.

»Darf ich nächstes Mal zu dir nach Hause kommen, Kokoro?«
»Klar! Gern!«
Sie bringt mir die Kopien wohl nur, weil die Lehrer sie darum bitten.
...
Warum?
»Moe.«

Daran sieht man, dass sie schon viele Kinder fröhlich gemacht haben.
Sie wurden schon ganz oft gelesen.
Wenn dir das Buch so gut gefällt, kannst du's dir gern ausleihen.
!
Echt?
Okay.
Kinder haben Vorrang.
Hahaha ...

Da bin ich wieder.
Lass uns in mein Zimmer gehen.
Wow! So viele Bücher! Wie in einer Bibliothek!
Die Bilderbücher?
Die meisten waren wohl Spenden. Aus Kinderhäusern, die schließen mussten, und so.
Rotkäppchen, Hänsel und Gretel, Der Wolf und die sieben Geißlein...
So viele grimmsche Märchen.
Grimmsche?
Ja, von den Gebrüdern Grimm.
Oh, stammen alle Märchen von denen?
Nein. Hier sind auch welche von Hans Christian Andersen. *Die kleine Meerjungfrau, Des Kaisers neue Kleider, Das hässliche Entlein...*
Die Bilder sind auch so schön.
Magst du Märchenbücher?
Ja!
Total!
Aber die sind alle schon so schäbig.
Genau wie unsere Praxis.
Rotkäppchen

Für kurze Zeit...
... machten wir in der Schule alles zusammen.
Kinderarztpraxis Tojo
Ich war sogar mal bei ihr zu Hause.
KYAAH
WÄÄÄH
WÄÄÄH
Eine Kinderarzt-praxis...
Warte kurz hier, ja?
WÄÄÄÄH
WÄÄÄH
Gurgeln und Hände waschen

Moe.
Die Mitschülerin,
die mir jeden Tag
die Unterrichtsko-
pien vorbeibringt...
... heißt
Moe Tojo.
Die
Mädchen
unserer
Klasse be-
wundern
sie...
... weil
sie so
groß und
schlank ist
und ein
Gesicht hat
wie eine
Puppe.
Wir wurden
zufällig Sitz-
nachbarinnen.
Und so...
Wollen wir
zusammen
nach Hause
gehen?

Ja, das ist sehr typisch.
Obwohl sie nicht krank sind, verbringen sie das ganze Wochenende im Pyjama und faulenz...
ZAPP
ANZAI
KLAPPER
SCHRECK

TACK
TICK
* Du schaffst das, Kokoro
ガンバレ*
ココロ

Das war nicht der Grund!
Ich hab der Schule Bescheid gegeben.
Leg dich doch wieder ins Bett, wenn dein Bauch wehtut.
Ich muss zur Arbeit.
SCHRECK.
Wenn du später Hunger bekommst, kannst du das Bento essen, das ich dir für heute gemacht hatte.
Ich hatte keine Probleme »mich zu integrieren«.

Die Yukishina Nr. 5 wurde ja auch bei der Schulreform mit anderen Schulen zusammengelegt.
Ja, ich weiß.
Seitdem ist sie eine der schülerreichsten Mittelschulen in unserem Bezirk.
Ja. Genau.
Mam ...
Entschuldigen Sie bitte.
Ich glaub, hier würde ich mich wohl fühlen...
Es kommt gar nicht so selten vor, dass Kinder nach der Versetzung auf die Mittelschule plötzlich Probleme haben, sich zu integrieren...
... weil es dort nicht mehr so familiär zugeht wie auf der Grundschule, wo alles vertraut war.

NICK
Kitajima
Auf der war ich auch.
Kitajima
Dann...
... sind wir ja Schulkameraden, stimmt's?
Sind wir das ...?
Obwohl ich nicht mal einen Monat dort durchgehalten hab?

Mein Name bedeutet auch Herz...
Komm.
Lass uns rein-gehen.
...
Bist du auch so nervös?
»Schulverweigerer«.
Dass es für Kinder, die man so bezeichnet, andere Schulfor-men gibt...
... weiß ich auch erst, seit ich selbst eins von ihnen bin.
Kokoro Anzai. Du kommst von der Yukishina-Mittelschule Nr. 5, richtig?

...
Äh, guten Tag. Hier ist Anzai. Ja...
Sie hatte heute Morgen plötzlich Bauchschmerzen.
Ja. Bitte entschuldigen Sie.
Die »Schule«, in die ich ab heute gehen sollte...
Hilfs- und Förderungszentrum für Kinder
Klassenzimme
Herzens
... nennt sich »Klassenzimmer des Herzens«.
Hilfs- und Förderungszentrum für Kinder
Klassenzimmer des Herzens

Diese freie Schule ist doch keine richtige Schule.
Der Unterricht findet nicht täglich statt, die Klassen sind kleiner und die Lehrer haben auch einen sehr netten Eindruck gemacht, oder?
Du warst doch einverstanden, Kokoro.
Also, was nun? Willst du jetzt doch nicht mehr hin?
Doch ...
...
Das Problem ist nicht, dass ich nicht gehen will.
Aber ich kann nicht...
Kannst du nur heute nicht?
Oder überhaupt nicht?
...
...
Haah...
Wenn du Bauchschmerzen hast, isst du auch kein Frühstück, oder?
!
KLAPPER
PSCHAAA

Eigentlich sollte ich ab heute...
... auf eine freie Schule gehen.
Doch schon beim Aufwachen war mir klar, dass daraus nichts werden würde.
Mama, ich hab Bauchschmerzen.
Und was...
... für Schmerzen genau?
TOCK
Die gleichen wie
mer.
Was heißt »wie immer«? Bis gestern war doch alles in Ordnung, oder nicht?

Es gibt gute Gründe dafür, sich an die Regeln, die die Gesellschaft aufgestellt hat, zu halten.
TRUBEL
Hahaha!
TRUBEL
Und so weiter und so fort...
Oder: Alle Kinder müssen zur Schule gehen.
SCHRRT
Regeln wie: Morgens macht man die Vorhänge auf.
5
3 4 5 6 7
10 11 12 13 14
17 18 19 20 21

So…
… heißt auch das Fahrge-schäft…
… im …
Mikawa-Markt
Guten Tag. Hier ist Ihr rollender Supermarkt Mikawa mit frischem Obst und Gemüse…
Mikawa-Markt
… Milchpro-dukten, Süßigkei-ten, Brot und Reis…

...
Duu di...
... duu di duuu... Das ist...
... die Melodie von...
...
It's a small World!

Auch wenn ich weiß...
... dass es nie eintreten wird.
Kapitel 1

Wir sind unzer-trennlich..
... ob wir zur Toilette gehen, den Raum wech-seln oder zusam-men die Pausen verbringen.
Ich bin endlich nicht mehr allein.
Selbst wenn Miori Sanada und ihre Cli-que noch so gern mit ihr befreundet wären...
... sagt meine Freundin immer nur: »Ich mache schon was mit Kokoro.«
Jeden Tag hof-fe ich sehn-lichst auf ein solches Wunder.

»Wir zwei kennen uns von früher.«
»Stimmt's?«
Wir sind schon Freundinnen.
Weil ich zufällig die Gelegenheit hatte, sie vor allen anderen kennenzulernen...
... haben wir bereits eine besondere Verbindung.
Darum kürt sie mich zu ihrer besten Freundin.
Obwohl an mir nichts Außergewöhnliches ist...
... ich weder besonders sportlich noch klug bin...
... und auch sonst keinerlei Talente habe...
... um die mich andere beneiden würden.

Manchmal träume ich davon...
... dass eine neue Schülerin in unsere Klasse kommt.
Sie ist toll und kann einfach alles.
Sie ist fröhlich, supernett, sportlich und obendrein klug.
Alle wollen mit ihr befreundet sein.
Doch sie kommt ausgerechnet auf mich zu und sagt...
»Hallo, Kokoro. Wir haben uns ja ewig nicht gesehen.«

Inhalt

Lonely Castle in the Mirror

1

Lonely Castle in the Mirror

Originalroman: Mizuki Tsujimura (Poplar Publishing)
Zeichnungen: Tomo Taketomi

Aus dem Japanischen von
Anne Klink

1